एक मेमना हरी पत्तियाँ खाते-खाते अपनी माँ से बोला, ''अम्मा! आज मैं अपनी नानी के घर जाऊँगा।''

मेमने की माँ बोली, ''बेटा, तेरी नानी का घर जंगल के उस पार है। जंगल में बड़े भयंकर जानवर रहते हैं। वे तुझे खा जाएँगे।'' मेमना बोला, ''माँ! तू चिंता मत कर। मैं बड़ा चालाक हूँ। भयंकर जानवर मेरा बाल भी बाँका नहीं कर सकेंगे।''

यह कहकर मेमना फुदकता-फुदकता नानी के घर चल पड़ा। रास्ते में बहुत बड़ा जंगल था, जिसके किनारे उसे एक भेड़िया मिला। भेड़िये ने मेमने को देखते ही झपटकर कहा, ''मैं तुझे खाऊँगा।'' मेमना बोला, ''मैं अपनी नानी के घर जा रहा हूँ। वहाँ खूब दूध-मलाई खाकर जब मोटा होकर लौटूँगा, तब मुझे खा लेना।'' भेड़िया बोला, ''अच्छा जाओ।''

वहाँ से फुदकता-फुदकता मेमना आगे चला। बीच जंगल में उसे एक भालू मिला। भालू ने मेमने को देखते ही झपटकर कहा, ''मैं तुझे खाऊँगा।'' परंतु मेमना बोला, ''मैं अपनी नानी के घर जा रहा हूँ। वहाँ खूब दूध-मलाई खाकर जब मोटा होकर लौटूँ, तब मुझे खा लेना।''

भालू भी मान गया और मेमना उछलता-कूदता आगे चला, तो जंगल के पास उसे एक शेर मिला। शेर ने मेमने को देखते ही झपटकर कहा, ''मेमने, मैं तुझे खाऊँगा।'' किंतु मेमना साहस करके बोला, ''शेर दादा, मैं अपनी नानी के घर जा रहा हूँ। वहाँ खूब दूध-मलाई खाकर जब मोटा होकर लौटूँगा, तब मुझे खा लेना।''

शेर ने कहा, ''जाओ।'' मेमना फुदकता-फुदकता अपनी नानी के घर पहुँच गया। उसकी नानी ने उसे खूब दूध-मलाई और नरम-नरम पत्तियाँ खाने को दीं। मेमना खूब मोटा हो गया। तब उसने अपनी नानी से कहा, ''नानी-नानी, मुझे एक ढोलकी मँगा दो। मैं अब अपने घर वापस जाऊँगा।''

उसकी नानी ने एक ढोलकी मँगाकर उसमें मेमने को बंद कर दिया। ढोलकी लुढ़कने लगी। उसमें मेमना छिपा बैठा था।

लुढ़कती-लुढ़कती ढोलकी जंगल के किनारे पहुँची तो शेर ने पूछा, ''ढोलकी-ढोलकी, तुझे कहीं मेमना मिला था?'' ढोलकी रुक गई और उसके भीतर से मेमना बोला, ''मैं क्या जानूँ कौन मेमना, मैं क्या जानूँ क्या हो तुम।'' चल मेरी ढोलक ठुम-ठुम-ठुम, चल मेरी ढोलक ठुम-ठुम-ठुम॥'' शेर चुप हो गया और ढोलकी लुढ़कती हुई आगे चली।

कुछ दूर आगे जाकर उसे भालू मिला। भालू ने ढोलकी से पूछा, ''ढोलकी, ढोलकी, तुम्हें कहीं मेमना मिला?'' ढोलकी रुक गई और उसके भीतर से मेमना बोला, ''मैं क्या जानूँ कौन मेमना, मैं क्या जानूँ क्या हो तुम।

चल मेरी ढोलक ठुम-ठुम-ठुम,
चल मेरी ढोलक ठुम-ठुम-ठुम॥"

भालू चुप हो गया और ढोलकी लुढ़कती हुई आगे चली।

कुछ दूर और आगे आने पर उसे भेड़िया मिला। भेड़िये ने ढोलकी से पूछा, ''ढोलकी, ढोलकी, तुझे कहीं मेमना मिला?'' ढोलकी रुक गई और उसमें से मेमने ने कहा, ''मैं क्या जानूँ कौन मेमना, मैं क्या जानूँ क्या हो तुम। चल मेरी ढोलक ठुम-ठुम-ठुम, चल मेरी ढोलक ठुम-ठुम-ठुम॥''

भेड़िया बड़ा चालाक था। उसने मेमने की आवाज पहचान ली। वह दौड़कर थोड़ा आगे आया और राह में एक खूँटी गाड़कर झाड़ी में छिपकर बैठ गया।

ढोलकी लुढ़कती-लुढ़कती खूँटी के पास गई और टकराकर चूर-चूर हो गई। मेमना बाहर निकल आया। उसे देखकर भेड़िया, भालू और शेर दौड़े-दौड़े आए और बोले, ''अब तो हम तुम्हें खाएँगे।''

परंतु मेमना घबराया नहीं। उसने तीनों से कहा, ''एक काम करो। तुम तीनों मिलकर रेत का एक ढेर लगाओ। मैं उस पर खड़ा हो जाऊँगा। फिर तुम मुझको खा लेना।''

शेर, भेड़िया और भालू ने ऐसा ही किया। क्षण भर में उन्होंने रेत का एक ढेर लगा दिया और मेमना उस पर खड़ा होकर बोला, ''अब तुम तीनों मुझको खा लो!''

किंतु जब वे तीनों मेमने को खाने के लिए मुँह फाड़कर दौड़े, तो मेमने ने जल्दी-जल्दी इतनी रेत उड़ा दी कि उनके मुँह और आँखें रेत से भर गए।

शेर, भेड़िया और भालू हाय-हाय करते एक ओर को भाग गए और मेमना अपनी जान बचाकर फुदकता हुआ माँ के पास लौट आया।

□□□